U0561857

不朽的嫩枝

唐城 著

图书在版编目（CIP）数据

不朽的嫩枝 / 唐城著. -- 武汉：长江文艺出版社，2023.5
ISBN 978-7-5702-3021-1

Ⅰ. ①不… Ⅱ. ①唐… Ⅲ. ①诗集－中国－当代 Ⅳ. ①I227

中国国家版本馆 CIP 数据核字(2023)第 031709 号

不朽的嫩枝
BUXIU DE NENZHI

责任编辑：王成晨	责任校对：毛季慧
封面设计：李 鑫	责任印制：邱 莉　王光兴

出版：长江出版传媒　长江文艺出版社
地址：武汉市雄楚大街 268 号　　　邮编：430070
发行：长江文艺出版社
http://www.cjlap.com
印刷：湖北恒泰印务有限公司

开本：880 毫米×1230 毫米　　1/32　　印张：6　　插页：4 页
版次：2023 年 5 月第 1 版　　2023 年 5 月第 1 次印刷
行数：3933 行

定价：52.00 元

版权所有，盗版必究（举报电话：027—87679308　87679310）
（图书出现印装问题，本社负责调换）

目 录

卷一 写作

写作 003
艺匠 004
白色的鸽子 006
致屈原 007
谈到诗人 008
巴黎之子巴尔扎克 011
朱湘的最后一夜 012
选择 014
一只缺氧的浮头鱼 015
如果能安慰一个人 016
关于老虎的诗 018
致黄莺 020

卷二 尘世的嗓子

椋鸟掠过牛头山的上空 025
不怨愤,不忧惧,不回避 026

027　聆听贝多芬
030　半山听画眉鸟
031　正月初八
032　老蝉
035　七年行走荒山道
038　和朱自清漫步清华园
040　一张机
042　晚星
043　还乡
045　当我们开口其实在谈论什么
046　最好的风景
047　妖
049　求其友声与个人主义的树
050　晨祷
052　对一只鸟的乡愁而已
053　但愿不负平生意
054　桃子

卷三　先知与后知

057　先知
058　韩非子赴约
060　卢梭的谬误
061　诗人之塔
062　读《曼德施塔姆夫人回忆录》
063　布罗茨基

　　　　　海子　064
罗丹：对艺术的某种残酷的反思　066
　　　　托尔斯泰　067
　　　读海明威传　068
　　　　　访客　069
　　　　　孔乙己　070

卷四　琴瑟

　　　　　睡莲　075
　　　　　琴瑟　076
你忙碌了整整一天　077
沈从文和他的翠翠　078
　　　睡去的村庄　080
　　趁容颜未谢时　082
　　　　　致敬　083
　　　梁山伯的蝴蝶　085
　　　　情人节　087
　　　　爱与被爱　088
　越过爱情的友情　089
　　　婚姻问题　091

卷五　夜行列车

　　　　羊肉面馆　097
　　昆明和大理行　098

100 岭上

101 公交站边的陌生人

103 一只城市里的兔子

105 长沙也是任意一座城池

106 地铁车站

109 老电影

110 大别山脉

卷六 窄门

115 溪边的马

116 在那样的时刻

117 秋日林边

118 窄门

119 林间一刻

120 苦修

121 赞美诗

122 歌德

123 一个农妇对人生意义的回答

125 晚秋山

127 刀锋

128 一张挣脱边框的肖像

129 去年和今年的生日献诗

卷七　命运的轨迹

命运的轨迹　133
秦始皇兵马俑　135
谒腾冲国殇墓园　136
赠阿沛　137
北京短章　138
旅途　140
大巴山里的下午　141
大巴山里的暮夜　142
雪地的记忆　143
老屋　144
凉亭记　146
旧书橱　148

卷八　祈祷书

无忧岛　151
长河兀自流淌　154
祈祷书　155
谨以这首诗献给你并祝新年快乐　156
眼　159
苏武　160
荒野　161
我想到往昔的昏暗时刻　162

163 节日之愿

164 使徒

卷九 喜悦生长的月份

167 故乡

168 喜悦生长的月份

169 夏日

170 黄昏序

171 依偎

172 告密者

173 日常生活的反光镜

175 地上的星

176 鲁迅：这也是生活

178 那面傲立于深处的旗帜

179 在夷犹中信

卷一

写作

写 作

王勃把滕王阁介绍给不朽
李白把闪电拉长到七字四行
屈原的叹息在离骚中轰鸣
大师如同谴责让人刻骨铭心
神,如果你存在,请告诉我
如何把迷路的词语领回它们的家

2015

艺 匠

在唯美的注视中
月光有很多层

第七日,上帝休息
它在构思诗,在一切完成处

第八日,上帝写诗。将字词敲打
在句子的断层,焊补云霞

有灵有命,恼怒地纠正
远未完美,它几乎要毁掉。世界幸存

永存。神的工作,落于肉身
在大而小的作坊

花朵无私,无所遮蔽
在枝生香,被箴言采摘后萧瑟

带着一盏灯的直观
诗,从不脱离的影子

心脏里沸腾的岩浆

内在的涌流，每日将我翻新

2019

白色的鸽子

向上昂扬，盘旋于群星中间
直到饥饿的咕咕把它拉回草地
在苍穹与地面之间折返飞腾

在深深岁月里翻找，在滔滔长河中拣拾
每一回翅膀的扇动，一个翩翩的雕刻家
敲凿他的空间和舞姿，越过，又越过

难以言说的风暴，在紊流中迷途
通窍的时刻突然浮出豁口
啄食的玉米粒，亦如银河树上的星子

我抬头凝视，一群白鸽夹杂几只灰鸽
围绕楼顶的塔尖快乐飞旋
像一群灵感围绕想象的诗篇

那带它们远走的力量，又带它们回归
一群挣脱石膏的模特，不厌其烦的示范
是劳作，是消遣，也是颂歌

2019

致屈原

人间的王流血千里,折辱人间
诗歌的王流芳百世,日月同辉

写到你的名字,如触摸太阳的火桂冠
在凡间走一遭,谁能不惹动尘埃

你种植的香草,总也长不茂密
你热爱的美人,总是朝阳易逝

你无法摆脱的楚怀王,不断投胎转世
乐此不疲,你的楚国一再亡国

唯有你的诗,像一块滑行的香皂
所过之处洁净无垢,诗神的卜祝

在断裂处,我把新诗纤弱的枝条
在你诚恳的虬曲的老根上嫁接

2019

谈到诗人

（一）

谈到诗人，你会想到普希金
歌颂出自本能的两性之爱
歌颂自由元素奔涌的大海
他没死于西伯利亚的矿井
却死于一次与登徒子的决斗
诗歌高贵的薄纸挡不住社会学低贱的子弹
你会想到荷马
咏叹出身不同的凡人和诸神
受制于比荷马更盲目的命运
一切人间的决战与奋斗
为了取悦罗马竞技场环坐的天神
诸神已远去，但是我们至今仍像野狮厮杀
还会想到李白，一个摆脱了礼记的酒神
他唱过的高调最终自取其辱
也许还会想到惠特曼
豪放，长句，质朴，震耳欲聋
他是一块大陆及其新民的化身
这是几个诗人的古老物种
现代诗人不喜欢直白而激动地嗥叫

像鼹鼠在语言坑道里挖掘
他的三弦琴只剩一根理性
他的爱没有血肉,或者只有血肉
幽闭如修道院,冷峻如侦探,自负如圣经或百科全书
在现代主义的雨季中,你不会淋雨
时代有一双怀疑的眼睛
对诗人不屑一顾,美已变心
犀利的词语和俏皮的睿智无法抚慰人
濒临破产的诗人转而搔大众的痒
借贷凡俗的欢心,在非诗的时代
名声不合常理,诗人的身份令人羞赧
我不期冀读者,但愿被山川鸟豸所喜爱
这是一个人的剧场,但整个宇宙在观看
我赞美一枚精巧的戒指
又愿它套得住辽阔
为了追逐那只海豹,总会有人
要把凛冽的冰窟窿钻一遍
"在贫困的年代,诗人何为?"
尽管面孔已变幻,看,人性与艺术的地图亘古弥新
山穷水尽处,柳暗花明时
风云在翻滚新花样,改写天空
失踪的凤凰再度归来
新的神明已经诞生,我拣拾飘落的措辞
在超然的化境,将易朽冶炼成不朽
给单薄的人世增添丰度,让倾圮立起
山岳依旧巍峨,尽管每一小块泥土
都被先辈用韵脚吟诵

依然有嫩绿的新枝

(二)

我很怕谈诗。大家都在暗中摸象
你可以征服一个帝国,但不一定能让一个人搬动观念
像搅动一碗水,看似激烈的漩涡,但碗不为所动
最终,变成了自言自语

(三)

现在我说几句诚实的话
诗歌是最高的、最强的非物质需求
在二十二岁那年,我怎知浪花会把我拽入大海
她总比我的脚步走得更远,打开新的天际
在我现实的形相中
将我塑造成一个隐秘的人,她能鞭打也能庇护
在我沉沦时救赎,抵抗扭曲和异化
写作时赐予我幸福,不写时赐予我脊柱
非凡的风景不断强化,留下灵魂和精神的照片
在通向完美的途中,一首首断简残篇构成
作为她的伴侣必然的日子
不远处站着酒神、牧师和哲学家
还有一位矿工
月亮是那台相机

2010,2018

巴黎之子巴尔扎克

一气呵成的天才,从未长大的顽童
他不相信现实竟然是真的
灵感和账单像大雪从天而降
债务和文字一起疯长
他缺乏门牙也缺乏母爱
为了写作,胃里填满素材和咖啡
他是一部五十页的中篇小说,也是
一锅大杂烩,福楼拜更喜欢精美的食材
如果有来生,为了不让喜剧变成悲剧
除了驴皮、情妇和有良心的书商
他还需要早婚,趁俄国的地主婆
还没失去,文字引致的好奇
小说家的理想,是做一名成功的商人
他没能成为意大利的矿场主
一般而言,文字和物质的富翁难以兼得
如果把巴黎比作一条狗
他是狗嘴里的一根骨头
人们爱他的方式是把他舔成一个穷光棍

2016

朱湘的最后一夜

没有拯救和怜悯,最后几枚铜板也是借的
刚够买一瓶酒和一张三等船票,免费的月光
朱湘的廿九岁如甲板,四周都是临渊的悬崖
他的《奥德赛》没有归程,他的史诗没有完成

他的人生与月亮押韵,但与六便士犯忌
蠢驴都可以藐视一个诗人
如果他不能,让世俗的磨盘飞旋
不能像穿山甲,钻突到名利的前排

他的傲慢与乖戾,带来合理的偏见
要合群,腰就不要挺那么直
不该得罪的,该得罪的,全得罪了
只剩一本海涅的诗集和他告别

他不爱妻子,但还是带了一包饴糖
是她最爱吃的
她不能理解,为何他不愿到工厂打份零工
一个没有面包的男人,还要什么面子

远看江村,黑暗中,依稀人间灯火
那么多该死的肉身都活着,为何是朱湘

像一滴难以溶入浊世的清水
没有看到牛奶与朝霞漂染的明天

2019

选 择

如果在语言和生命中做一个选择
两件热爱,如果只能选择一件

我选择生命,虽然语言不朽,生命短暂易朽
但语言的不朽却是生命所赋予

没有语言的生命仍旧是生命
没有生命的语言意味着语言的死亡

这血,肉,骨头,每一口呼气吸气
语言永在向生命跃升的途中

2019

一只缺氧的浮头鱼

(一)

写不出诗的日子是痛苦的日子
室内踱步的困兽
带着莫名的怒气,惊潮从沙子里蒸干

一只缺氧的浮头鱼,翕张的嘴唇
无助的挣扎,焊枪在烙着空白
直到感觉的前沿冒出滋滋的火花

(二)

那些美妙的字句,在盘桓
铺开纸,提起笔,立刻如群鹤惊飞
诗让我踏实,觉得日子不算虚度
对浮生的告慰。我写下
一首无字的诗,转瞬即逝

2018

如果能安慰一个人

如果一首不成功的诗,能安慰
一个人,也算是杰作。我宁愿写"花满蹊"
也不愿写"石壕吏",但命运抓住了笔管
八月和其他几个月都有,不愿撒手的艰难

真理没有发育泪腺,鄙视情感的法官
用理念敲槌,普遍判决了个别
那些肉长的诗句,应该被放逐
那双抽象而空洞的手不会酸痛

不安无处安放,理想的直升机无处着陆
长安在黍离,洛阳在冒烟
苍天束手,诗人是冒牌的救世主
为乱世的黎民哀祷,劝君主和刀剑从良

可诗歌是世间最无用之物
七律皆空言,绝句也枉然
不能让租税少一分,挡不住青海的兵役
满山兰露和野菊,喂不饱饥肠辘辘

但是,诗歌能穿透最坚硬的人心
它比时代活得久,即使永恒已白头

能重构,真与幻的美好,并用不朽守护
给每个人送去希望的夜莺,这是诗歌的权利

也是诗人的荣耀,兼济的壮志如章鱼的触手
蜷缩到无法独善其身,如果除了我
还能安慰一个人,一颗肤浅或沧桑的心
那么,年复一年的蜀道没有虚走

洞庭湖的暴雪,将吞没这叶诗歌的孤舟
他再无依靠,水上没有路
他依然在操心北边的疆土
声音褴褛,在为世人祝福

2019

关于老虎的诗

就一个有成就的诗人而言
我更愿意读他的选集,在他的全集中
十几首好诗夹在一堆不那么好的诗中
三四首坏诗为一首好诗做原料
如同三四块劈柴生出一股火焰
那灼热的火焰,引出一只老虎
从老虎直接到老虎,从物到物
这是布莱克的老虎,他自己是一只老虎
粗壮,有力量,咄咄逼人
他写了一首原诗,原型的诗
从老虎到名词"老虎"
从物到词,从词到物,这种诗人有发达的直觉
通常女诗人居多,她的词与物合一
没有媒人,直接结婚
既是语言中的老虎,又是丛林中的老虎
第三种老虎,从"老虎"到"老虎"
从词到词,物是一个背景
这是一种纯诗,唯语言与唯美的诗
如同一幅刺绣的图案
花拳绣腿,让人愉悦,这是一只非老虎
远离了它的本性
还有一种思辨的老虎,第四只

物经过大脑才能到达词
老虎在诗人大脑的笼子里盘桓
他对老虎思考愈多,老虎愈模糊
他的词追踪物,捕捉物
他挖掘愈深,陷入愈深
他逼近老虎,老虎也在逼近他
粗鲁的喘息,惊悚的眼睛,血盆大口逼近他
老虎逼近"老虎",他的词吓得四散逃离
他惊惶地退缩,一个字也没跃出
他的全集中没有这首诗
他最好的那首诗

2018

致黄莺

我已了然于心
承担过多的沉默
你把故乡的整个山谷
移到我的书桌上

我坐在诗歌的凉荫下面
徒劳缀起你唇中吐出的珠子
像斗败的赌徒
我的耳朵在你的启迪下落叶飘零

你裸露出翅膀　扇起情欲
你在我胸中的抽屉里挖掘
拎来庞大的舰队
你缺乏的只是歌词

你把我变成你的一个器官
一个音符　被你肆意移动
塞壬们在你的歌声中滚落悬崖
大海的波涛在你的爱抚下平静

不仅仅是在今夜
你在我的心中筑巢

使我被月光洗净的羽毛
更加鲜艳　更加长久　也更加自尊

1993

卷二 尘世的嗓子

椋鸟掠过牛头山的上空

椋鸟掠过牛头山的上空
它一定有所克服,才飞得如此轻盈
它小巧的脑袋
容不下任何沉重的念头

椋鸟,请把阴沉的寒流引走
把我胸中的愁闷带走
告诉我如何才能解开羁绊
在天地间快乐无忧

2009

不怨愤，不忧惧，不回避

若小人能做到
他就是君子
若君子能做到
他就是圣人

2004

聆听贝多芬

(一)

我不知道,耳朵在雷霆中能沉浸多久
这颗被马蹄催促的心
能承受多远的孤独,历史原是用剑书写
但诗和音乐没有敌人

一个巨人的山巅,唯雄鹰可以平视
你用钢琴写诗,旋律带我飞旋
世人易被灌木遮眼,不见天使
也易被邪魔迷惑,它的腔调更撩拨

这个初秋的早晨,暴雨军团
翻过阿尔卑斯山和昆仑之丘
一个世纪前的雨水再度把我淋湿
我像一条鲸鱼在书斋里劈开波澜

我应把"像"去掉,做真正的诗鲸
游于辽阔的自在,你的大海是一口奶汁
把我喂养,用怜悯也用愤怒
把羊群驱赶成狮群

(二)

一头狮子冲进钢琴,一头暴烈的
孤独的叛逆的狮子冲进钢琴内
你的手不是在击打键盘
在铁砧上砸一坨通红的音符
一头长成钢琴的狮子,用利爪刨挖牢房的墙壁
刨挖你身上的墙壁,时间的墙壁
河流与河流热泪交流
闪电和闪电合成更大股的旋律
去击毁魔鬼,亮瞎昏聩的眼睛
这个老单身汉,让失恋者爱上全人类
他能让拿破仑将军成为英雄,也能让拿破仑皇帝成为小丑
他能把佝偻的脊柱拉直,把苦难的大西洋喝干
让懦弱者敢于逼视上帝的眼睛
他用储藏痛苦的胆分泌《欢乐颂》
他成了聋子,只触摸到大炮在键盘上的震动
如果一只蝉是噪声,那么一千万只起义的蝉
一万亿个弱小者微不足道的声音汇聚起来呢
约等于一个贝多芬
他解放了无数被扼住的喉咙和被锁住的四肢
鼓舞了无数被坎坷绊倒的好汉
狮子从钢琴内冲出,冲进听众席,冲进宫殿和街巷
奴隶的作坊、工厂、田野和孤寂的阁楼
低首的牛抛掉轭木,花岗岩冲出地板

从无数的人中冲出无数的狮子

2018,2020

半山听画眉鸟

那丛冬茅草四季常绿,一只画眉
在唱歌,它唱得如此欢快,忘怀
我停下来聆听,必须有花朵
和艳丽的羽毛,装饰这歌声

往事与山河的碎片,瞬间复原
世代的陌生者在刹那相认
一颗冰冻的心从零度跃出
劬劳尘世里,一个跳跃的假日

从虚幻浮现的手,弹奏东流水
升腾的祈愿,获得悦纳和允诺
一道光拉开众生的盲目
把脱嵌的浪子引回久远的家乡

我凝视山坡上散乱的小路
每一条都通向山下的人世
这个春日,我有幸成为
一根托住和摇动它歌声的树枝

2020

正月初八

要发不离八
此起彼伏的开业鞭炮,像烟火的波涛
把我拍醒,阳光铺满床窗
我要是那阳光该多好
自在,慷慨,不怨也不怒
把无边的喜悦漆在人世
我要是那鸟巢该多好
挂在暴风雨外面,庇护生灵的不安
没有流亡,适得其所
我要是在月亮上最美的地方
有一所屋宇,窗户向下开
俯观人间悲欢,与烦恼相隔三十八万公里
人被日常的逻辑锁链套住
嵌在庞大的机器中,日夜磨损,消耗,无可奈何
似乎有个破洞,将片刻的满足漏光
我要是活在其中又超脱其外
那该多好,莲花仅比淤泥高出半头
就让它如此之美,摇曳生姿

2018

老 蝉

在枯干的灌木枝上,挂着一只褐色的蝉壳
它曾是世界上最骄傲的知了
嗓子拒绝大提琴的润色
不可一世地嘶叫了整个夏天

把它当作虫子,是一个错误
所有鸟鸣都被它击败,那是冲刺的呼声
一个急速的信使,含义不明的呐喊
谁在挤压它的音箱,鞭打它的鼓

它的号叫把蓝天白云捅出一个个破洞
一身盔甲几乎是一身黑色幽默
一只鸡会把它啄得遍体鳞伤
笨头呆脑的鲁莽,欠缺优雅和矜持

它用拳头砸我的窗户,火热的夏天已来临
这率真的朋友,有话直说
可我觉得,真正的声音即使友善
当被众口一词喊出,带来压制的恐惧

我嘲讽地承受,这节日似的逼迫
难道要挤占所有的腔调

让所有嗓子加入这乌合之众
我的旁观和触动，掺杂疑惑

假如它们有鹰的爪牙、豹子的肌肉
蝗虫的纪律和啃噬的颚，洪流的激情
会不会捣毁蜜蜂的窝，扯光夜莺的毛
像断头台卜整齐的口号，以公正的名义

它们的喧嚣如此寂寞，千百只燃烧的自我
我从没看到两只蝉亲密相处
也没听到与众不同，夕阳照亮的树林
一道道锐利而刺耳的光束

我需要这种敲打，我萎靡已久
在春天入秋，欠缺一个激情的夏日
行动停留在臆想，坐等石头开花
该做的事，像沙滩上搁浅的船

这只老蝉，在呼喊，在挣脱
现在，它去了哪里，万念已成空壳
我为自己的诛心之论愧疚
我听到的，都是我赋予它的

都是短暂的一世，何必苛求
它仓促的歌声，像黄鹂一样流丽
对它的厌烦，源自过分的表达

至少它敢于发声，我却长久沉默

2018

七年行走荒山道

一

流浪者有个花名
自由经常拖着一根贫穷的尾巴
这让我心生恐惧,总有一天我会离开
我是一个有职业的流浪者

嘴是精卫填海
每日的劳作,耗尽有生之涯
这张嘴不仅要吃饭
还要吃掉我的光阴和梦想

水长久的沸腾,需要持续投入木柴
如果没有哀伤和失败
就不能说真的经历了青春
而花朵只是石块的触角

希望和幻象吸引
有限的心力追求无限
如同河流以泥沙俱下的力量
向大海扩展壮丽的扇形

二

叶子搬光了枝头
农夫搬空了田野和果园
我把颓废和消沉搬到昨天
今天是美丽的专政

我对人说了很多话，谎话
唯对自己沉默
有一把空椅子
那是我一直没坐的位置

但愿你经过从前的池塘
照见的不是一张疲乏的脸
不要把命运像借口挂在嘴上
经过秋天的路不会真正破产

再见了橘子树，告别你丰盛的挽留
看那天边，残阳之上
晚霞曾经是曼妙的朝霞
朝霞曾经是拭干少年之泪的轻纱

三

池塘春草

袖底烟云
南山风雨
昨夜星辰

须晴日,琵琶声歇长笛起
吹来遍地江南

2008—2015

和朱自清漫步清华园

朱自清走出屋子
月光像躺在地上的闪电
他的祖国在月亮上
活着像流放，何处不是关隘

一曲漫长的离骚
从屈原、陶渊明、杜甫吟唱至今
地上的阴影测出了他的身高
他不能再佝偻了

什么时候才能挺直腰杆
像日晷上那根针
他似乎听见蝉的号叫
妄想抱住一朵白莲哀诉

京城的街道依然那么正直
一个民族的路如此曲折
孤独都是相似的，但无法置换
正如黑都是一个颜色，但无法适应

在鼎沸的竞技场内，分不清谁是人
谁是兽。家国两重山

分不清哪一座更重,一个瘦弱的男人
内敛风云如剑,一个心有余力不足的读书人

把世间所有的土聚集
也不足覆盖他庞大的灵魂
安眠吧,花团锦簇中
让我们继续你未完的散步

2019

一张机

一张机,采桑陌上试春衣
风晴日暖慵无力

绛龙虾,金烤鸭
隔座送诗灵犀暗渡
——凄凉的小手留不住火焰

三张机,吴蚕已老燕雏飞
馆娃要换舞时衣

蜜语香言舌灿闪电
梨花娇柔宫闱绮美
——凄凉的小手留不住火焰

五张机,横纹织就沈郎诗
中心一句无人会

亲朋满座挚爱一堂
怨消妒弥左右无猜
——凄凉的小手留不住火焰

七张机,鸳鸯织就又迟疑

只恐被人轻裁剪

刀戟入库鸟走南山
良辰美眷蝴蝶秋千
——凄凉的小手留不住火焰

九张机,双花双叶又双枝
两心萦系一条丝

2011

晚 星

像一位玄秘的哲人
向世人闪烁他的启示
没有翻译,我们无法领悟
在盲目的追索中自以为是

骨头正在肉中衰朽
稀疏的头发像秋天的灌木林
棋子在棋局中左右为难
另一些人却试图安排我们的命运

彷徨的日子最难将息
不妨多些耐心,像老蜂
擦去忧伤,振翅寻蜜

高处太寂寥
不如低首,大地正丰饶
不如示爱,风中飞花

2017

还 乡

比起上次回来,风声细数头发,
又掉了几根,又白了几丝。
院子里,鸡鸭招摇,
两只小黑狗,放肆地奔跑,打闹。
高速公路,已堵成肠阻梗,
像出笼的困兽,到乡下,
这凋敝的田园,少驻羁程。
旧房屋只堪瞻仰,难掩过去时代的
贫窘。黑瓦片的屋顶
露出破洞,尘染的橡木
栖满鸟鸣。漂亮的别墅竖立,
多是城里人盖的,用于暮年的归隐。
他们在山间出生,城里有更高大的楼房,
建立在不安、惶惑的巨大空洞上。
心灵与躯体,两条互逆的河流。
在村庄,很久不见红色的喜字,
也甚少听见婴儿的啼哭。
夜里,虫声欢愉,蛙声显赫,
在小径,在篱笆边,几只萤火虫飞舞。
灰色的山丘,在星光下安谧地呼吸,
漠漠的树林、田野、草地,
恪守古老的秘密和它们的真理。

我们被自己的发明物圈禁,
我如一名访问学者,又如一位流浪的骚客。
归来不论得失意,不移慈母心。
立在拂晓的窗前,心云密布,
东方的山头,启明星孤独地闪亮,
它听到了我的默祷,那句年轻时
回响的话语,再次掠过心间:
"无条件地乐观"。不要给希望
预设前提,行尔所当行。
日子转瞬即逝,而岁月长存。

2021

当我们开口其实在谈论什么

我们不停地谈论那个离开很久的地方
时间逆流而上

具体而微的场景、细节、对话
我们笑着,嗓音潮湿,回忆的巨轮航行

它们在我们的话中变形,失真
我们在谈论依附于它们的形而上

正如我们谈论太阳,不是谈论核聚变
我们在谈论温暖、光明和希望

2021

最好的风景

最好的风景
由一个男人和一个女人构成

创造一个世界,要创世纪
只需要一个男人、一个女人,和一个吻

那是第一次亲吻,月亮走神
从银河落下一片凉雪

一切不会消失,一切都会长存
因为一个男人和一个女人

如果世界诞生于一个吻
请温柔以待

2022

妖

我曾经是人
现在是人的窥视
为什么我不愿远离,明知不可能

我嫉妒那两个私语的情侣
他和她发热的肉体
一只妖不能爱,那会带来悲剧和号哭

我也没有眼泪
即使在眼皮上涂满洋葱汁
但我的笑声是真实的,也是惊悚的

我久久逗留,在人的周边
厨房的蒸锅冒出米饭的热气和香味
我不再饥饿,为何还觉得空虚

人所有的迷惘,我早已看透
我羡慕,不能像他们那样抱怨
我过于完美,过于精粹

我似乎无所不能
我却不能回到人

只能长久地在尘世的边缘游荡

穿不透巨大的壁障和禁咒
那里于我是另一个世界
正如我于他们是另一个世界

如果我能撩拨到一颗凡俗的心
超越虚无和绚丽的幻影
哪怕是一刹那,也胜过漫长的永恒

2020

求其友声与个人主义的树

拆迁不是砌筑,解构使每一块碎片,
承受了整体的重负。
一株树不论如何枝叶繁盛,
也不是一片森林,这是孤独的局限。

2021

晨 祷

(一)

早晨,我蓬头垢面
像电影里的一个叛徒

子说:吾未见好德如好色者也
白鹭如纯洁的圣徒,立于青青稻田

(二)

我把自己交给流水
交给早晨的风,从山谷吹来的
澄明,时间和光

邪恶不能把我伤害
诡计也不能得逞
冰川滤去梦魇和渎神的欲念

我熄灭怒火,又陷入石头的沉默
希望的鸟儿,从指尖钻出

每一个经过眼前的仙娥,救赎了美善

2020

对一只鸟的乡愁而已

时长时短的抒情,轻巧的跳跃
自足的内心,或者
并无内心生活

毕竟那是一只鸟
对它怀有的乡愁
不可及彼。我活于此

思考的马达一刻不停
世界是一台永动机
人群,繁杂的复数

沸腾的城邦
有一根纯粹的、超脱的羽毛
撩拨不安的脚心

至多是一只人形的鸟儿
不如克服那执念
鸟也不具有,做一个人的幸福

2021

但愿不负平生意

相似的灵魂会相互吸引。到细微处
到幽深时,隐隐的芒刺,又使彼此
稍作退避。孔子说,君子和而不同
俗物千篇一律,不堪容忍毫末的歧异
这毫末的歧异带来生趣勃勃

2022

桃　子

欲念，让我们称它为水果和食物，
无尽地摘取，那枝头，却从不匮乏，
要让我们有所得。慷慨的赐予，这自然的物
回到它自身。我们的得到，不过是对欲念的
实现。桃子依然还是它自己，不曾被啃噬。
浑然的本体，无所丧失。我们不能把一只桃子
完整无缺地，放在大脑中，它已变形。
当它还是一朵花时，我多爱它。历经虚与实的
沧桑，这爱趋于伟大、神圣，仿佛一个誓言，
搁置于盘中。它不是静物，一团云，一轮
桃形的月。每一刻，有所归，无所归。不断出发的
终极。从未停止的停栖。无情、无悯。
不断重现的桥，细如钢丝。进入画面，
在想象的树上，它完美、永恒。
此凝视，也是内窥。受挫的记忆涌出。
开花，结实，在我体内，也度过。
对它的品尝，也加深了，我的根，伸长生命的枝条，
那飘拂的触手。一个桃子，在心中成形。
纵然世间，转瞬腐朽。它灿烂过黄金世代。
并非纯然的客观，也团圆了，全部的领悟。

2022

卷三　先知与后知

先　知

他说话，他是他自己的耳朵
他的声音是它自己的回声
他走路，只有他与他自己同行
连影子都没有
他体会到孤寂，有时不免抱怨
他像一滴水跑得太远
许多年后，整个大海才会追赶上来

2018

韩非子赴约

国师常有,尧舜不常有
在帝国的讲台上,多少说客晃掉了脑袋
韩非子西至咸阳,不再是书斋的大话
是秦始皇的幕僚和客卿,成功学的祖师爷
狼性文化的创始人,左手威权右手剑
怜悯,人性,那是书生的迂腐
他说,陛下,您要称霸,就要大开杀戒
为人臣不忠者,讲慈悲仁义者
不务农业的二流子,不理帝王的隐士
仗剑游侠儿,杀,像从桌面上抹去水滴
在陛下的国家,有土地、刀剑、黔首和兵士足够了
除了生产,就是打仗;除了打仗,就是生产
秦始皇冷笑道:"如果我灭掉你的家乡韩国
你的家宅被掠夺和焚毁
你的妻儿子女和亲戚故旧被侮辱
沦为奴婢,额头刺上罪犯的字符
你身为公侯,对他们有何话要讲?"
他的侧影是一头猛兽,利爪攫住远方的烟火
秦国没有兄弟、夫妻和父子
爱,更不可能有,那是羞耻和罪恶
既然连仁义的遮羞布都可扯去
韩非子不说话,他还没成为一只纯种的西北狼

他的同行李斯说道：
"韩非不愿尽忠，请斩之以殉国"
韩非在牢中饮下毒鸩：
"杀韩非非秦王也，杀韩非者韩非也"
类似的故事，商鞅已经上演过一次
不久之后，会轮到李斯

2017

卢梭的谬误

在巴黎郊区采集天真的标本
在流言汇成的河中游泳
戴上用思想和愁绪编织的皇冠
他的国只有一个孤独的人,这个人
最终会因威权的授予成为暴君
一句话能让整个国家面如死灰
关于教育他有话要讲
但他的孩子成为五个弃婴
他用集体的人掏空了个体的人
柏拉图的理想国和卢梭的公意
成为暴力的两个源泉
普遍意志的臆想最终变成一场世纪噩梦
无数自由民在磨盘下呻吟
人在解放的路上走得如此艰难
智者的酿造混合蜜和毒汁
切勿不加辨析地畅饮

2016

诗人之塔

一个只爱独处的伪圣徒
居住在一座透明的高塔内
他的每一首诗,每一首诗的每一个词
都在砌筑,使塔变得更坚固

墙壁上没有窗户,窗户边没有门
门外没有路。他在里面呼救
上帝、名声、同性和异性的倾慕者
拥抱着那座塔,不能使他温暖

请庇护我的孤独,他恳求
用艺术遗忘尘世,当他决意献身
用一生写一首哀歌
他提着自己的头发离开了地面

每一朵花的前生都是荒漠
他走出杜伊诺古堡
立在昏暗汹涌的大海
塔尖的灯光,像天问射出的半径

2019

读《曼德施塔姆夫人回忆录》

一只尖利的饶舌的金翅雀或骄傲的
小公鸡,没有羽毛和爪子

一个来自古罗马的诗歌殖民者
捅了词语的马蜂窝,惹怒人间的蜂王

他的面包圈,只有中间的空洞
他承受马蹄的肉里没有铁

这是两个脊柱的碰撞,也是两个黎明的决斗
一边是人道和艺术,一边是强制和奴役

还有一个傻丫头跟着他,陪他穿过
最漫长的暴风雪,这是怎样的至福

那些诗稿终将重见天日
诗歌、爱情、月亮的双翅将他超度

黄金是石头的敬礼,是献给世人的
长笛,经历了炼狱的吹奏

2019

布罗茨基

没有草料将那匹黑马喂养
流浪者没有归来,从被迫到自愿
变节的海洋隔断陌生的儿子
你留下的蹄印已把你忘记
你留下的诗歌已重写那片土地
一把地质锤,把俄语的直角
敲成英语的圆弧

2019

海 子

海子,意味着纯粹的抒情
心怀杂质的人,怎么会理解澄澈

你无法挪动一颗星
它不会因贬低而降低
也不会因吹捧而升高

肮脏如粗话的嘴
怎么能咀嚼出麦粒的浓香
遇见异性就看到交媾的眼
怎么能洞察爱的高贵

乡土不仅在城外三公里之遥
也在每个人的灵魂里
我们的根须来自那里
而不是张牙舞爪的枝叶

天空,土地,飞鸟,稀落的雨点
火焰与泉水,一个不为家园感动的人
一个不为家园的毁灭而流泪的人
他和她的怜悯十分可疑

伪币如此流行,以至于黄金蒙羞
海子是一个赤子
他不是神,不是战士
他是我们的兄弟,一个有弱点的孩童

那赋予他一切伟大的禀赋
通过他而赋予每一个人
通过他寻回不该失落的双翅
盘桓在最初出发的地方
也可能是最后的归栖处

元素在呐喊,把他烧成一寸寸灰
老实的乡下孩子,不要走进太阳的圣殿
不要做自愿的献祭
流浪,用阳光而不是火沐浴

每次阅读他的诗歌都是一次洗涤
再干净的水也无法把煤黑洗白
那不是他的错,作为底线
请不要把脏水泼向施洗者

2019

罗丹：对艺术的某种残酷的反思

克罗岱尔像一块新到的木柴
投入罗丹的壁炉
他需要烈焰的刀刃
大理石有禁欲似的坚硬

自由的肌肉凸出挣扎的意志
欲望的躯体，从未蒙受艺术的皮肤
从社会学的裤管里钻出老色狼
雨果是另一条，创造伴随毁灭

避开那叼烟斗的祭司
他凿出的意义代价昂贵，他的束缚
必须囚禁另一个无辜者才能减弱

不如凡庸如石头，再伟大的青铜也不值得
付出这么多。雕像和神圣的生命之间
有一道地狱之门

2019

托尔斯泰

他走出了一个作家的边界,进入
思想的危险区域,他提供绑绳
一群信徒把他押送到圣人的位置

作为寄生的贵族,赎罪必得有付出
这是信念的开支,连带他妻儿的权利
既然他说,这是道德的不洁

他已经足够伟大了,在那片荒野
能写出已经不朽了
被压迫者感激他,至于出路

不像是这条匆忙伸来的铁路
通往理想的火车也可能把千百万人
运送到地狱。谨慎些,鲁莽的人们

这是一尊得了肺炎的雕像
成群的祭拜者里,不再有农奴

2019

读海明威传

一个斗牛士同时是一头公牛
红绸是挑衅也是诱惑
站在狂欢节的中央扭捏作态
胜过在落寞的角落炉火中烧
上等人给他的目光镀了一层金
没有一个硬汉能不被头衔和马屁击倒
他的肌肉占据了他的大脑
不多的明智又被酒精浸泡
小说是另外一回事，现实既肮脏又危险
他游离阳光的浅水，进入鳄鱼的区域
四个妻子带来四本长篇小说
最终他只爱第一个，假如他只有第一个
那将是另一种人生，而我们很可能
失去三本长篇，不知这是幸还是不幸
迷惘的是人而世界始终清醒
欧洲的雪飘落在热带的古巴
无数的狮子倒在脚下
却无法确定猎物是谁，在哪里
一个精神破产者扣动扳机
他要杀死小说里的海明威
复活那个在巴黎锯木厂阁楼上的穷小子

2020

访 客

王昌龄拜访孟浩然
他送给孟浩然一首诗

王昌龄拜访李白
李白送给他一首诗

王昌龄拜访岑参
他送给岑参一首诗

王昌龄拜访辛渐、李欣、綦毋潜
他们彼此赠诗

王昌龄拜访亳州刺史闾丘晓
闾丘晓把他杀了

2018

孔乙己

孔乙己蓬发垢面,像一个复原后的山顶洞人
比起山顶洞人
他的眼眶还要深凹,以容纳更多的愁怨
他的嘴还要突出,以更快凑近食物
他的大脑是一团皱纹,连梦都没有
他曾自命黑暗的先知
要启蒙众生,带领他们走出午夜的深渊
愚蠢的众生如今都上岸了
只有他还在深渊里挣扎
命运似乎把他当作一个铅锤,去测试深渊的深度
他拥有士的身份,中产阶级的价值观
无产者的贫困及其锁链
他的清白,因为偷书被玷污
他的自尊像他的腿一样被打成骨折
他的哥哥孔方兄,早跟他断绝来往
人到中年,他一筹莫展
不知如何走出但丁的森林
他想找到鲁迅,修改小说的情节
但是鲁迅已经死了,以后也不会复活
他被时代疯狂的列车抛弃了
而列车的前方没有铁轨
在《孔乙己》的结尾,孔乙己失踪了

如果他还活着,愿老天爷垂怜他,庇护他
别再让他吃苦受罪
他不过是一个不识锄头和拳头的书呆子

2016

卷四 琴瑟

睡 莲

她是一半,等待另一半
月光凝结成冰
在热带的掌心融化
她是窗口,没有墙

持续的磁,围绕她旋转
无知者多么神圣
因为她的词典中没有秽物
一个器官是一个字母

组合成一尊优雅的瓷
弧形起舞,带香味的火
烤软僵硬的紧张
荡尽眼中的罪孽却留下幻想

她是落在地面的天空
自我吟诵的诗,褪去羽毛
白鸽就是浅俗的隐喻
另一半在蜜的沼泽中陷落

2011

琴 瑟

一把弓在拉,一根弦在唱
我的生命和时日流失于此琴
当我与你相拥
身上的汗毛像燃烧的灌木林

未必总有欢乐颂
更多时候,是单调细碎的聒噪
无奈,烦恼,忍耐
不合拍,不共振,各执一词

这不像在拉琴,更像驴子在拉磨
把我们的日子碾碎
沉重的喘息,沉默的夜晚
我真想如一个音符飞走

可是,我们已在彼此身上生根
拔出来会带出血肉、痛楚和断桥
我明白并接受真实的声音
不再幻想它完美如谎言

2019

你忙碌了整整一天

你忙碌了整整一天
夏天就要到来,冬衣就要收藏
你洗净棉衣棉鞋,把厚被塞进柜子
把箱子放在阳台上翻晒

你从山上采来箬叶
包上糯米、红枣、红豆、绿豆
满屋子弥漫粽子的清香
你为我备下丰盛的早餐

突然,你放下手里的物什
跑过来对我笑语:
快对我说一句情话
还要重复五遍

2010

沈从文和他的翠翠

(一)

他的夫人已成为他的悖论
啊,翠翠,你不理解一个书生的痛苦
你的嘲笑,足以毁灭十本长篇小说

后来,他的时代也成为他的悖论
啊,翠翠,对你的爱让人更痛苦
不被理解的人所能做的,把溷舍扫干净

翠翠,你不该分裂成张兆和和高青子

(二)

青春时对你烧起的一缕火焰
燎过一生的寒冷,肉体的爱与它等长
清醒时,也不懊悔于最初的盲目

这两具躯壳中的精灵,却不是情人
啊,翠翠,你终究是一个凡间女子
不是天仙,我爱你如同爱尘世

至于我孤独的灵魂，它不惮于独行

2019

睡去的村庄

睡去的村庄,暗影幢幢
棕榈像它白昼的底片

雄鸡,那多毛而激动的预言家
还在沉睡,构思明天的口号

星子像高悬的钓饵,诱惑仰望的鱼
梦里阳光洒下土路,童年金色的蜂蜜流淌

大地的呼吸,纯一,透彻,平稳
它腹中没有一本书

昆虫已经回来,高声鸣叫,口音杂乱
白天它们去了很远的地方

亲爱的,我俩的谈话,不在同一个体系内
你说的月下,我想的月上

透过窗户的方块,月亮照射床铺
我们睡觉时,像咸和盐相拥

你的发丝是一团烟雾

白皙的颈脖唤来天鹅

2019

趁容颜未谢时

当黄金成灰,海生桑树
还有何物不曾改变
露台上的喁喁私语
随黄昏的光焰消失于穿廊深处

趁容颜未谢时
执子之手花园小径共满月
直至老眼浑浊,勾驼腰背
少女如高傲的孔雀走过

2011

致　敬

向诗人的妻子致敬
神的女儿，无论幸福抑或不幸
都能成就一个更好的诗人
当初，你的脸出现的一刹
亮如亿万个中午，你站立的身后不再有风景
他把你当作诗歌的化身，命运的馈赠
他被诗歌俘虏，你被他俘虏
你可能未曾想过，嫁给诗人意味着什么
这是相互的冒险，密切的齿轮抑或走调的乐谱
你可能嫁的是一个恶棍，一个伪君子
可能是大仲马那样的大种马
更可能是一个孤僻的怪人，尽管朝夕共处
你不曾真正跟随过他的跋涉
诗人不走寻常路，对于多数他像一个否定
寻常人痴迷的虚荣，他可能嗤之以鼻
他如果遭遇坎坷，你会受到牵连
在平庸的岁月，他不甘平庸
在动荡的年代，他有一个坏脾气
他的头昂得比羽状云还高
他活在文字中，而你活在衣服里
诗歌的成本昂贵，天赐的白象
神圣的无用，况且多半你也不懂

这个诗歌的学徒,固执,对生活潦草敷衍
一只不可靠的饭碗,不能放下你的盛宴
他活在繁华之中像一个隐士
他能尽到丈夫和父亲的责任,但不愿作市侩
你们是彼此的债权人:他欠得更多些
他被诗所误,你被他所误
岁月的画笔改写了你们的面容
但愿,不会改变你们的灵魂和爱
经历了沧海的洗涤,也扩大到海的容量
看透生活的真相,依然不舍最初的赤诚
那点滴的情意,填满裂隙和断层
我们没达到对方,对于完美的想象
所以凡人的爱,才是真正的考验
没能从诗神手里夺回这个男人,这是光荣的败北
因为永存的诗歌,会把每个瞬间从忘川召回
尽管有各自的世界和格言
在诗歌的敌人面前,没有落荒而逃
把琐碎的日子勇敢地延长
拆不散的血肉岛屿,尽管还有痛苦和抵牾
你们平凡的生活,有神圣的光芒
啊,相知总是比相爱更难
你终究是一个凡俗的女子
也是圣母,艺术的保姆
请接受这一束方块形的玫瑰

2018

梁山伯的蝴蝶

(一)

老套的剧情,甚至能预排下一句唱词
每看一遍,还是会感动
黑暗中,伤感的沉默,舞台上
婉转的唱腔,把人心摔打

当初有多欢愉,后来就有多绝望
没有大团圆,男的没中状元
女的没戴上璀璨的珠冠
人间的一面,这也是人间

可是殉情,依然过于残酷
蝴蝶,也不能拯救,拉断希望的那根线
人们骂祝员外,他比你更爱女儿
讨厌马蠢材,可他未必喜欢祝英台

梁山伯做了一场真实的梦
一只蝴蝶等待着他,那是只美丽的
聪明的蝴蝶,灯光亮起,人们低着头
硬座椅噼啪作响,情侣默然无声

(二)

舞台上,梁山伯奔向祝英台
像脱缰的野僧扑向红尘
呆头鹅搂抱天鹅,对人间忘乎所以
池塘吹出双眼皮的波纹

做一股逆势的紊流,你还是太过单纯
鳞翅目也会变心,它过于娇弱
它是最小的鹰,无法穿过龙卷风
没有人向往沧桑,妥协总比对抗省力

每个人似乎都是对的
结果却是错的,两颗心搭成的弯虹
无法跨越所有的悬崖

这是不应该的绝境,打了死结的伦理
戏剧需要眼泪,展翅在理想国的蝴蝶
是击打员外们的彩色雷霆

2019

情人节

凌晨五点,天色幽暗
鸟儿还没发表无知的见解

有情人辗转反侧
我向旧爱表达了新的爱意

凡人的情爱注定渺小
是那种难以铺展到伟大的渺小

爱经常徒劳,像燕子不知疲倦地空飞
像海浪无结局地往返

我欢欢喜喜地看着红杏
阳光下的新妆,俊美的日子

渺小的爱也不可或缺
有情人辗转反侧

2020

爱与被爱

爱欲是冲进血管的急流
宛如一次再生,不单身心再生
也是整个世界。一股气旋把人拧紧
当身上的发动机冒烟
所有的刹车都会失灵
除此别无女人,除此别无男人
当摇动街道树告别,那个世界已经毁灭
温柔的夜和唇曾建造了它

被爱,如捏在手里的雾
你是否在爱一个幻象
像扎在指尖上的蔷薇花园
接受,也是伤害,鲜艳的嘲讽
最后把命运激怒
无法区分的戏弄、喜欢与倾慕
你能做一千零一道微积分
也难琢磨透女人心

2018

越过爱情的友情

月亮无声,往事寂静
你的生活纤云娴舒,鲜花环绕
你的柔弱可能是个假象,不像才貌那么真实
你不缺乏爱慕,对怪僻的少年

你的眼睛,对他投递邮差
时至今日,回函仍是一张白纸
三十年的岁月狂沙,愿你春风拂枝
我是你的远山,有一条骆驼的脊背

那些青春上句的,羞涩花朵
已衰朽如树干枯落的裂皮
愿你的记忆中,还有我的记忆
像照片上的少女,永不会老

完美并非,要有一个嘈杂的
终结,命运另有所图
序曲在演奏中,脱离了俗调
出岫的初云,已化作绚丽的暮霭

我蘸着天空的蓝墨水,给你
写这首迟到的诗,像跑错方向的河流

空白的大海在叹息,航线的偏离
让两个分叉的人生,没有会合在一起

2019

婚姻问题

婚姻之所以是问题
是因为我们把它变成了问题
是因为我们把它看得太容易
童话把它作为爱情的报偿
两个人拿着结婚证像拿到通往终极幸福的奖状
那是一个童话的结尾,却是一个话剧的开幕
我们对它有太多幻想,对另一方有太多期望
那些不负责任的祝福
那些寓意美满的红对联
那些书信,那些随激情喷出的誓言
几乎像一个骗局,当宾客和玫瑰的迷香散去
扯下盖头的婚姻原形毕现,它是一个苛刻的老太婆
给相爱的人以蜜糖,又把蜜糖从怨侣那里拿走
它是一次冗长的修行,一篇耗费终生的日常絮语
婚礼不过是奠基礼,是艰巨构建的开端
也可能是一场旷日持久的战争的信号弹
一方是另一方的放大镜
每一个缺点被放大成宇宙黑洞
吞噬彼此的耐心、温情和尊重
无休止的指责、怨恨和撕咬
我们对此毫无准备
没学会做丈夫和妻子

没准备好就做了父亲和母亲
一边逃避、推卸、厌倦、留恋单身的自由
一边把另一方的付出视为理所当然
生活的压力被放大成高山
另一方成了山坡上的巨石，增添额外的压力
为什么栓紧彼此的纽带变成了枷锁
为什么家庭变成了战地和孩子的地狱
婚纱照的微笑变成了悬挂的讥笑
如果你能像看对方一样看自己
你能像为自己辩护一样为对方辩护
你的话中没有那么多锐利的刺
你在改变对方之前先改变自己
你们能明白什么才是最珍贵的
什么才是你们能够拥有的
没有那么多苛求、那么多攀比和高过云杉的期待
我们都是有缺点的凡人
终将度过平凡的一生
经历挫折与欢喜，吵闹和谅解，赌气和复好，沉默和感恩
分开和牵手，躲避和承担，自私和关怀交织的婚后生活
两张老脸还能相对微笑，两个佝偻的躯体还能拥抱
最初的爱还在他和她的体内生长
这是多么了不起的成就
不是所有人都适合婚姻
我也不知道婚姻
作为文明的一种形态会不会最终消亡
至少它现在仍是社会这条大船的压舱石

爱情不过是本能,是刹那的火花
婚姻才是奇迹,是无限的忍耐
是用两颗心和无数日子铺筑的漫长承诺

2019

卷五 夜行列车

羊肉面馆

从驻地走出，右拐爬上山坡
有一家羊肉面馆，经常只有我一个顾客
门口有一个葡萄架，独坐在架下
手指在桌面上轻敲思绪
这是青春？年复一年，被生计悬赏
又被幻想拯救，像山花被群山推送
像一朵云，被某处的树枝挂住
五月无知的晨风翻动着新生的葡萄叶
被阳光照得半透明的嫩绿的葡萄叶啊！
风中的叶子筛下亮黄的光斑
在桌子上、碗里、头发和衣服上
在眼睛里，俏皮地移动、跳跃、闪躲

2018

昆明和大理行

(一)

窗户睁大眼睛而门紧闭着
龙翔街,凤翥街,徒劳的名字
不管来回多少遍,过去已无法走入

下午,先生坡上日光开始褪色
云南大学的门口,有一个生锈的绿邮筒
它在等待,有更好的明天寄给我们

(二)

五点十八分,我在这个吉利的时分醒来
窗外昏暗,但洱海没有睡去
狂怒的风扯走了昨天和星

大理住着半城陶渊明
每个时代都飘浮有东晋的云朵
这里的鸟啼啾着归去来辞

世上孤单又拥挤的白鹭

在寻找心中的稻田,白色的城池
在袅娜墟里烟

仿佛有一个醉酒又忙碌的舞美师
在操弄苍山的云雨,命的纤手
把我导引,无尽的诗意催我启程

2020

岭　上

岭上有三株大桃树
我一身泥巴爬上来
为了看一眼
湿漉漉的花瓣
和乌黑的树干
天色已晚
我转身下山
一朵朵桃花在身后追赶

2006

公交站边的陌生人

他是站在我旁边的一片异域
他口袋里会不会有邪念
视线会不会伸进我的背包
他可能是一个伪装的暴徒或酒鬼或变态狂
一个向天堂发射短信的骗子
也可能是一个稻粱谋
他在哪里上班,内心勾连的机关
还是阴影追赶到最后一列地铁的写字楼?
可能是一个无业游民
在悬崖上荡秋千,随时会粉身碎骨
可能是一个八十四天没捕到鱼的人
脸上满是被老婆数落的斑点
他的嘴角挑起微笑的弧度
眼光偶尔被走过的美女擦亮
大概想起草色撩人的郊野
如果他不走运,我会惊骇
但不会悲伤,因为我不认识他
他可能是一个传染病毒
把我拉开到一个喷嚏的距离
他可能正承受难以忍受的痛苦
那是他的事,我爱莫能助
他会不会正在盘算愚蠢而无用的问题

比如存在的本质，生活的意义

他信基督，信真主，信佛，还是只认钱和官衔

他可能是野豹，正在捕食羚羊

那不是他养的，他不会怜悯

他不会关心那只羚羊母亲的眼泪

他也可能是那只羚羊，被各种嘴惦记

他可能是向贫困山区捐旧衣服的人

可能是不屈服的圣斗士

也许他有一个温暖的家

使他放下面具，缩回身上的刺

也可能是一个被迫的单身汉

他是人口统计表上的一个数字

一粒孟德尔的社会豌豆

他像一个饺子包住了自己的馅

他可能是一位在《圣经》里走动的地狱

也可能是一个天使

红灯亮起，车辆停下，在穿越人行横道前

他禁不住看了我一眼

他身旁的另一个陌生人

2019

一只城市里的兔子

穿过大街小巷

随时准备向狮子屈服

向猎犬求饶

向老虎讨巧卖乖

兔子的一生是逃避的一生

从不抛头露面

不在舞台上演说

不推销学问

不奢求美女的媚眼

匿足于角落

它的耳朵像一对哨兵

一双警惕的天线

唯一的赌注是它的自由

这是它的底线

它小小的骄傲

你们绝不会把它捉住

关进铁丝的笼子

每日接受嗟来的胡萝卜

不羡慕猪一身的肥膘

不屑孔雀尾巴上挂满的勋章

能够不受打扰地吃草

它已经心满意足

在烈火暴雨中不能毁灭的巢穴
它透过门缝
向世界投去一丝冷笑

2013

长沙也是任意一座城池

长沙也是任意一座城池
男人伸出刺猬一样的船桨
拖动街道和表格里的楼房

太阳泼洒酱汁
衣服鼓起的海撑不下
一条欲望的鱼,无尽的鱼啊

唯有此刻真实存在
从门铃摁下的门缝里
女人扑来满怀的灯

2019

地铁车站

(一)

一条白鲸在地下快速穿行
灯盏往天花板嵌入星月
从折叠的阶梯向下攀登
每个人的脚步像拖着重工业

形式的人生貌似千篇一律
但没有另外一个人代替你经历
在下趟列车到来前,有五分钟的惊魂初定
似乎偏离社会的正轨一寸就会迷路

一种对完美的憧憬,与此平行
那里被整容的风景,纠正了诸恶与遗憾
终极栖处原是梦,你到达的桃花源
不过是另一座喧嚷的武陵县城

隧道的深喉深不可测,每个人
快步找到位子,心却没有跟随坐下
像一个问号在我们身上翻飞
寻找出站口:何时才有出头之日?

不妨勇敢些,地下的蟒蛸们
心若有所往,每个座位都是驾驶座
在有限的一段旅程中,在马洛斯的
五个站点间,你是你的未来

(二)

七点钟过后,写字楼的鼹鼠
和流水线的蚂蚁,已挤满车厢
夜游的情侣,在座位上搂抱
好像生来就是连体的景致

地面上的生活像弹簧,视野
拉不到远方的尺寸,铁轨直道而行
似乎在押送我们的时光
每个人起身,走向各自的命运

不曾有如此捷径,简便到终点
甚至不知所求为何物
还有无数蛛网,让蜉蝣迷惘
声色犬马即是千峰叠嶂

不如怜取眼前人,春夜与蜜让人醇醉
神女生涯不是梦,但追求太挫折
必有神明的手牵引,才能寻到出口

爱大千世界,才能更好地爱一个人

(三)

雨水把我送到入口,与伞道别
自动扶梯上,拥挤或稀落的男女
像是我的一些影子,也像是我另外的可能
别样的路,别样的爱与愁

我曾如一条小鱼,游在陌生人的海洋
我曾如圣洁的修道士,唯恐被他人的烟火熏污
我的远方总是折回我的寓所,如今豹变
坐在这里的,不是从前那个人

2019

老电影

一部老电影,来自旧小说
算起来,那些面孔都已不在
那里面的鸡、鸟和马都不在
建筑要么荒废,要么被雨水淋黑

十八世纪的风物,优雅的长裙
烦琐的礼节,古典的声调
不会带来阴影的光
古堡还没有被战火、斗争和质疑摧毁

男孩和女孩见面困难,像两个家族恋爱
要逾越许多障碍,一个画面不停回放
肉体自带边界,牵手即一生
手指是二十根互补的混叶林

现实一旦飞入镜头,有虚幻的美感
目光从屏幕掉落,沾满一个世纪的灰
现在,我们已经解决了费马大定理
古老的快乐与困惑,还活在我们身上

2019

大别山脉

秋天染红了梓树的叶子吧
茅草抖索白色的长穗了吧
一群山雀飞到翅膀的尽头
天空展开一枚蛮荒的蛋壳

在被你遣散的四方云中
我是孤僻的一朵,这修远的一朵
在夜里会变成一支长笛
在月光涂写的树影和岩壁吟啸

归途注定险峻,走过即为断桥
每座山峰都被抽象为圣殿
童年已成彼岸,每一次重逢
被他乡的鸟儿惊醒为落叶簌簌

何处不是故乡,何处不是异乡
人的一生,是化异乡为故乡
所到宾至如归,湖山陡然亲切
何处的花不是喷香的泉源

在与你的景色脱臼的地方
我为你塑造另一条山脉

这是尘世凸出的那部分
念其名字,如触静电的指尖

2019

卷六 窄门

溪边的马

我愿分享你耳中的排箫
分享你眼中的画
我愿独自占有你颈项的鬃毛
棕色的、黑色的、白色的幼马
我愿分享你的健壮、你的性感
分享你宫廷祭器一样的背部
那掠过你腹胁的危险
也一样在夜间掠过我
我愿与你分享情人们的梦
月亮,像单薄的信物在窗外低垂
而她们永远丰满如满月
大地美如地毯
当我与你隔河对峙
我愿与你分享彼此的蔑视、彼此的哀愁

1998

在那样的时刻

在那样的时刻
世界晃荡起来,如水中的倒影
因微笑而变形
即使国王,可怕的鹰犬,百万大军站在我面前
也挡不住,照在脚尖的一缕阳光

2018

秋日林边

站在深秋的林边,踩响松针
蔷薇的刺果,在草丛里枯瘦
树干点缀蘑菇,无数的丘陵
有一座试图,耸起为不周山

神圣的体系已垮塌,头顶再无遮掩
每个个体要承受,整体的重量
不是每一块碎片,能指向完整
而完整,无法完整地定义,也在生长

物欲是网里鱼,挣扎缠得更紧
这盲目的凡俗,时代的人质,岁月飘零
未曾觉悟,一生的妄念,是贴身的反叛
几人摸到了,真正的门把手

人像惶惑的植物,辜负了大地的教诲
双手沾满泥土,还从物外起田园
秋阳斜照,我的影子在土路上拉长
与一位精神劳作者的影子重合

2010

窄 门

在黑漆的旷野
我茫然无归
数道闪电齐耀
窄门赫然呈现
只容一人通过
友朋遍呼不应
我曾恐惧战栗
希冀神旨前导
如此逡巡不前
虚耗大好烟霞
窄门乍隐乍现
我心诚惶诚恐
终岁辗转辛劳
蓦然回首
窄门已在身后

2010

林间一刻

一大群丝光椋鸟撒向树林
像去年的落叶在今年回归
悬空的双脚得以暂栖
不管多么怪戾的小鸟
总有一片蓬棘或幽林合身
灌木丛立,大地伸出手指
风吹来,像没有携带灵魂和重量
抛开沉坠的本体,长久的松脱
把人们抛向虚空,一团迷茫的雾气
日常的烦闷,像通货紧缩束住我
想法那么明晰,未来却那么模糊
李泽厚说他九十多岁,还没开悟
也许那些高头讲章,概念逻各斯,让他更糊涂
古之学者为己、为修身,今之学者好为人师、漏掉自己
我不时来到这里,独处片刻
透过枝枝叶叶,隐约看见无垠的蓝
日复一日地立定,树因此高大
这是相互的走入,鸟儿无法久留
但它踩在天空的脚印,慢慢长出了根须

2018

苦　修

一个人如果做到了轻
一根羽毛将把泰山压弯

一个人如果做到了根
世上将是花园，多少粲然的花朵

做到了雨，干旱将从大地上消失
如果他的手像张开的伞骨

暴风雪将像婴儿一样睡熟
他的身后，群山潮动，亡魂归家

假如，他能做到一颗容忍的心
尘世间就没有第二个神

1999

赞美诗

翻读旧稿,调子有些阴沉
缺乏好天气,这不是我的全部生活
我缺少一首赞美诗,拖欠很多,很久
我应当为高中的校医写下感激
她治好我的脚伤,为我买来饼干和糖
年轻人的脸色应红润,她说
为我的家人写下感激
他们贫穷而富有远见,恪守良善传统
心像池塘的冰一样透明
还有那些美妙的音乐、散文和小说
我到过的城池,受过的教诲
鸣虫的合唱,黎明的静雪
那些勤恳的脸和手,让饥馑远离
为真挚的款待,闪光的人性
为我的护神,山川日月如卷
为过往的风景写下感激
它们舒展扭曲的眉额
展现世界的本来面目

2019

歌　德

我想把你从欧罗巴的星空移到中国的星空
这样我可以近一些看到你的光
你不会孤单，你的邻居
屈原、李白、杜甫，他们的亮度不亚于你
你得学习汉语，以免无法讨论押韵
这不比我学习德文更难
我用一年的时间，只学会了"我"和"是"两个词
让那些变格见鬼去
我本来指望阅读原版《浮士德》
现在不得不忍受乏味的句子
我们的一生，也有与魔鬼的赌约
魔鬼的生活似乎比圣人要精彩和丰富
它勾引女人，挥霍钱财，糟蹋名节
只要左胸膛那地方是空的
就可以为所欲为，圣人有条规
让人受约束，把人导向枯燥的理智
导向沉重的责任和不断的自责
那么有没有一种可能
让生活兼具二者：既美妙又符合德行
也许你的一生近似一个例子

2018

一个农妇对人生意义的回答

我想起一个冬天
我在乡间小径溜达,旁边一块菜地
一个老妇正在摘菜,生活的风
吹拂她的白发,在脸上刻出皱纹
我忍不住问她,我正在思考的问题:
"人活着是为什么?"
她发愣了片刻,微笑道:
这个问题应该问你,你读了那么多书
是的,但书上的答案并不统一
孔夫子认为人生为求道
早上求到了,晚上就可以死
信徒们认为活着是为了实现神的旨意
边沁认为活着为追求快乐
他致力于幸福和痛苦的加减法
马斯洛认为人一生要爬五级楼梯
从温饱爬到自我价值的顶层
许多人为了一个信仰或目标
奋斗一生,甚至不惜牺牲自己及他人的生命
很多人稀里糊涂地过了一辈子
还有人自私而好斗,满嘴歪理
还有不肖之徒,为害人间
每个人答案不一样,因而有不一样的人生

我想知道一个普通农妇的答案
她笑着说：活着，就是把儿女养大呗
她很坦然，也很诚实，我不由称赞
"这确实也是一个答案，一个高贵的答案
人生的意义在于尽到自己的责任"

2018

晚秋山

(一)

夜用一块蓝黑的抹布
擦亮星星的皮鞋
秋，一个逐渐变冷的名字
念出的声音长出羊毛

值得同情的，不一定值得爱
爱，存在于平等者之间
应该不等于能够，理想主义者饿死于
实用主义偷来的面包

我是世间最慢的河流
冷观大海的后背

(二)

青鱼脊背的山坡，深秋的草倒伏
蟋蟀还在埋头创作夏天的歌谣
一只鹞鹰在峡谷，做着老式的盘旋
云，像风之头，忙于追逐

秋有所肯定，也有所否定
凋亡中有新生，模糊的声带
在辨识神曲，黄昏的火光消失
风中的屋灯，不为美点亮，但很美

多砂的土地瘠薄，一位老人
像弯腰的猫，用力捆扎秸秆
褐色的板栗有锐刺和硬胆
成片的栎树落光叶子，在荒野挺立

2019

刀　锋

1982 年，上海译文出版社
周熙良译，毛姆的长篇小说《刀锋》
挤在我的一堆书里，封底已经脱落
像一个赤脚的流浪汉

我已经忘记里面的故事
只记得开头的两句话，来自《奥义书》
"一把刀的锋刃很不容易越过
因此智者说得救之道是困难的"

岂止智者，在庸常人的一生中
要面对大小、高低、显隐、锐钝的刀锋
甚至刀丛，像山一样连绵
让我们徘徊不前，顾虑重重

每一次翻越，都是一次克服
良知和正义、美和爱得以前行一步
或者一次选择，一次领悟
勇气，是唯一欠缺的工具

把伤留给自己，它最终会愈合
一个人，一群人的得救之路

2019

一张挣脱边框的肖像

每日的奔突,像一个要挣脱边框的肖像
而稠李花,仅凭季节的摆布
就能开出华丽的一生,人却不知
命运会开出何种花朵,有气候
土壤、栽培,还有光照的多少
才有良善而绚美的意境。真正的领悟
才刚刚开始,犹破晓的莲花

2019

去年和今年的生日献诗

(一)

我出生时,太阳刚出山
阳光照在门楣上,像在赐福
这张镜中脸,像一件赝品

我跨过了两个天才的年龄
但马齿徒增,一个两栖渔夫
云朵,拖曳着一条山脉

睡觉时,梦也没有脱下鞋子
不止一座钟,在我身上鸣响
愿余生更多,献给珍爱者

(二)

每年生日,我都要听一遍贝多芬
我担忧一颗少年心
逐步滑向王维和陶渊明

世事改云鬓,一樽酹山月

我听到骨头拔节的声音
岁月终究没放过我,也不曾把我亏欠

回忆是一颗水晶球,不沾污垢
那些忧虑的日子,回看却多美好
有感恩,有愧疚,但没有深切的怨恨

2019—2020

卷七 命运的轨迹

命运的轨迹

(一)

见过着火的月亮,读过飘雪的诗篇
狮子披着灰色的外套,这猛兽微笑迷人
很难喂饱它的噬咬
尽管生活像一个玩笑
每个人严肃地活着,很累
把弦绷得太紧,无法欢唱
生为蝴蝶,需识毒汁与蜜汁
生为长颈鹿,须放弃低处的诱惑
成功时忘记感恩,失败归咎于宿命
一生的经验相加,没能推算出本质
那些摆弄星辰的人,在望远镜上撒盐
胡说存在会毁灭,宇宙会爆裂
满口粗话的人多么开心,不似我们饱读经书
忧虑重重,不断往行囊里添加石块
道德的肉身是一块薄冰
要经受欲念的烘烤,炼成烈火凤凰
劳作的人,粮食的报答堆满仓廪
在厨房里切菜的母亲,不懂虚无为何物
马路上奔跑的孩子,欢声彻寰宇

他们顽强地活着,我绕了很远的路
才来到此处,我触摸到的此处并非幻影

(二)

我们向往的伟大,倘若如真龙现身
我们不见得能承受那重负与震动
如果没有比钻石更坚固的底质
能否承受庸俗的磨砥而不心怀怨恨
心智能否尽快长成,不随流风随意弯转
假如不尽如所愿,我的一念
能否扭动愚钝的乾坤,翅膀沾满泥土
别人的一步,是我的九十九步
是什么使年岁开出鲜花,悬垂果实
使一瓢水也是一片海洋
纵游大化,沐浴光华,耕耘,收获
让一个平凡人,也能骄傲地宣称
即使拿国王来调换此生,我也不肯

2018

秦始皇兵马俑

吃过了饺子宴,看过了法门寺
登上过小雁塔,再来观兵马俑
干燥的气候和养人的黄土
使它们栩栩如生

微笑而安详,不像是仁义不施
有些土气,不如图片上高大
相互打量,如果此时走进秦朝
我们就是他们

不远处是秦始皇陵,躺着一个朕
他躺下,其他人才能站起
他的替身在不同朝代登基
不再有臣民,听他隔着厚岩的怒吼

庄生晓梦迷蝴蝶,蓝田日暖玉生烟
用一万年,把万岁埋葬

2011

谒腾冲国殇墓园

不必去天堂
祖国的泥土是最好的眠床
每一个石碑都已生根
与自由生死相依

斜阳里,柏树下
没有悲恸,只有谢意
我犹能用汉语而不是日文写诗
全赖你们对于野兽的胜利

2003

赠阿沛

阿沛像一张感光底片
对艺术有一份克己复礼式的真诚
一个不合格的卒子，做到了上校
除了马尔克斯的小说
上校让我想不到任何其他东西
他暗示，可能还意味着北京一套大房子的居住权
他拿出一篇作品，惴惴不安
这群人有一个罕见的宠物：谦虚
所谓艺术，何曾让我们满意过？
我想到诸葛亮，一生从事失败的事业
内有扶不起的阿斗，外有胜不了的阿瞒
没能安顿好自己，却梦想安顿好河山
像不识相的堂吉诃德，一次次长矛羽扇出祁山
誓把那首不朽的诗写完

2017

北京短章

一、阿沛的冬日大宅

阳光铺排窗户,暖气嘶嘶作响
整洁如有十个女主人打理
书籍如木柴,热烈的谈话
把脸烤得通红,还有酒和小点心
这个寒冬,这里是北京最暖和的地方

二、冰逸的画

冰逸的画我只看懂了百分之三四十
经过她的讲解,又懂了百分之七八十
还有百分之二三十,是女妖的私人领地
常人无法企及的花园,或者说,只有神才能鉴赏
大旋涡套着小旋涡,每一个旋涡
都是一个世界,在分娩、分裂、繁殖
在崩溃的同时重生
每一个旋涡都收藏着一个轮回
每一个旋涡都是一个齿轮
让停电的生活与闪电连通
每一根线条都是一条鞭子

抽醒僵死的灵感、怯懦、日常的麻木和苟且
不可能的水墨罩住不可能的仙山
她把不可能变成了可能
比此在宇宙还要多出九重相状的大画
悬挂在每个观者仰起的头顶

三、十八年一见

兰荪坐飞机，我坐高铁
我们几乎同时到达阿沛家的门口
十八年前最后一个字的余温犹在
不需逗号隔开，什么也没发生
那些庄严的大预言，以及个人的理想
日子过得平和，未尝不是一种快乐
一种幸运，至少没倒退
我们的忍耐力往往超出我们的想象
还可以忍耐，继续，十八年
足以把一个悲观的人变得乐观
也能把一个乐观的人变得悲观
我们知晓了自己的渺小
也知晓了自己的伟大
"下次见面，你们是不是又要十八年？"
有可能，我们能活一百八十岁
文字更长久

2018

旅　途

在对面靠窗的位子，坐着一位女学生
她手里拿着一本诗集，大概从图书馆借的
那本诗集的名字叫"最后的雨季"
这本书出版在1991年或1992年
那里面有我最初的两首诗或四首诗
它有个矫情的书名，在最后的雨季后
我又度过了许多个雨季
我差不多要戒掉写诗了
在铁轨的撞击声和车厢的嘈噪声中
那崇高的、神圣的诗人已被抛弃在出发的地方
她对面这个眼神不定的陌生旅客
正以三百公里的时速向一个世俗的人狂奔

2010

大巴山里的下午

下午,有一场注定的散步
避开指挥部和水文站门口的狗

小树林的内阁,正被秋风改组
橡果被弹劾一地,以腐败收场

山路升起望远镜,岚障如重菊
尘世的美景,总能还原到若干良辰

野兔跑过,它欠缺讨好权贵的天赋
一生在草莽中窜伏

2019

大巴山里的暮夜

群山的嘴唇,伸出贪婪的舌头

迅速吮干天边的蜂蜜

幽暗,扩散水里的墨汁

路灯,一盏盏眩晕的鱼眼

灰白的电线杆,蜿蜒的石阶

一条行踪诡秘的流浪狗

昏夜,凄凉而寒碜

一根时间的羽毛,遗落在深山

却见款款新月一弯,如一撇雕出的笑靥

2002

雪地的记忆

小灌木长出臃肿的脂肪
澡堂冒着热气,赤裸的喧哗从水龙头流出
窗外,纷扬的雪落在雪上

冰碴在脚底吱吱,吱吱
像冬天的牙齿,在沥青的路面啃噬
那时我踩不住一道光,也不知身往何处

兜兜转转,来到小酒馆坐下
送菜的朝鲜族姑娘,会唱《金达莱》
我在想,那是朵什么样的花,是她

恶魔捕捉天使,啊,美而蠢的天使
我们像游走的剑,在雪地画了一块圣洁的白绢
不允许任何蹄子的踩踏

岁月蒸发了感伤,青春像晴雪消融
甚至没留下一个雪人。我们已老得像把扫帚
月亮上的摇铃也锈迹斑斑

2019

老 屋

(一)

直到我亲眼所见,始才相信
老屋真的倒塌了
一圈残垣像一圈风化的怨言
你终于回来,但为时已晚

墙缝里的麻雀呢,梁上的燕子呢
忙碌的土蜂呢,厨房的柴火呢
我该在哪里安放我的双足
在归途上,它跑得比风尘快

我的童年和少年还住在里面
阁楼天瓦的亮光,照见不多的书籍
在谷缸里贮藏柿子,在墙壁上写下誓言
"我将离开,但不会真正告别"

匍匐的梁柱在诗中站起
只要一闭眼,就能完美地复原
但我的双手无法触摸到它
一种生活已远遁,它没说归期

(二)

起于尘土,归于尘土
这不仅是人的命运,也是房屋的历程
谁能逃过时光之斧的砍伐
当初种庄稼的手建造了它

混合着稻茬、泥浆和喜悦的土块
这静谧的长着牵牛花的空地上
曾响起婴儿的笑声,也有灶台边忙碌的身影
西边的半截小屋,我在那里出生

窗棂的冰雪勾勒过大地的脸,有过繁花的妆容
冬日篝火边的茶桌,寒暄犹绕梁
火焰灼热的脸,落叶轻敲瓦片
一双脚印从远方飞来,踩着梦的双翅

踩着梦的双翅,我在这里久久徘徊
在旧的矮墙边,人们盖起新的屋宇
一次次摧毁又重生,一把活着的钥匙
随时能打开那扇木门,它是时间的敌人

2018

凉亭记

在会所的顶楼,有一座凉亭
少有人来,边缘野草和鸟粪
可以放眼沉思,也可以闭目远眺
我已然成了隐士,寓居繁华的骚人

弯折了一场战役的扶手椅,螺栓松脱
再次溃败的一场回忆,亢龙有悔
蓼叶在炎夏长出秋色,早凋的幻梦
蝉声的狂浪坍塌小提琴的堤岸,蝉有功名

阳光移动圆石柱的影子,古典的指针
歪斜的圆木桌,一套破裂的逻辑
每个构件的观点对立统一,散架的体系
从未遂的私奔折回远方那儿,伊人俏立

热切的鸟语湖,突然结冰,何必辩服
树木互不瞧见,装作不在场,各自坚定
一件乐器离开曲调的弹拨,无声地自足
一双空置多年的鞋子,不受各种脚气

一首无人阅读的诗歌,在慢条斯理
角落泄气的皮球提示,青春的比赛结束

这座趴在岑寂里的中年凉亭，派驻人间的
大使馆，被向四方敞开的孤独封闭

2019

旧书橱

年轻的房客寄来房租,附上
一句话:我会好好照看你的书
哦,我的书,那些蒙尘的遗民

我已在另一所城市定居,几乎忙丢了自己
我记得旧书橱的顶层,放着几本画册
在我的小秩序里
在最高的位置,直观的美有一席之地

下班后,我像一只疲惫的拳击手套,卸在椅子上
那些午夜,置身古代或异国的天空下
被不同语言和肤色的太阳照耀
那些硬如真理的文字,最终没能抵挡虫蛀

好书总是太少,有些书脊上的姓名
与骗子和魔鬼同义,读书需要一双锐目
书也有獠牙,小心些,年轻人,然而我还是感激
它们磨砺心智,让匍匐的一切飞起

2019

卷八 祈祷书

无忧岛

(一)

不管多么艰难,我们要在人间修建
属于私人的无忧岛,不是虚构
也不是神话,不是童话

生活的海洋包裹着它,没有岛屿
一个人将会被淹没,他能挣扎多久?
没有海洋,岛屿无处安放

如果没有天空,我们的观照
将显得狭隘,超越但又无以脱离
否则我们将陷入虚无

在这个岛上,放置着属于你的
理想,还有洗去时间灰尘的信念
给予你孤筏重洋的力量

(二)

在世俗喧嚷的尽头,有一座无名岛屿

燕子衔来白泥，凤凰衔来嫩木
为我们构筑一块丰饶的领地
像一股栀子花的异香突出尘世

用月光填补冲蚀的岬角，没有朝代
没有年号，没有浩繁的卷帙
载录惊厥的文字，在沉默的边缘
没有蚊蝇的烦扰，也不似天堂那般无趣

肺腑之言和暗夜的苦思，已转化为
田野的绿荫，风摇响门框
把它变成排箫，也有劳作
把竹枝压成弧线，但不会摧折

还有你，亲切的伴侣
用两个人的小语种交谈，像鸳鸯穿梭
但我不抱奢望，若能容纳
这孤僻的存在，我已满足，夫复何求

隐士，并非一种袖手的职业
无所适从，把我们变成麋鹿
不愿返祖，又不愿异化
每个人活似他的反例，怀揣

无处安放的庄园，在人海中
让我们构筑岁月的新乐土

在人性的荒原铺开锦缎
一个个岛屿,将长成一块大陆

2019

长河兀自流淌

大地如昨。鲜花无辜,树叶赤裸,长河
兀自流淌。年轻的诗人
领受爱的欢乐,也被蜂针蜇伤
在午夜的炼丹炉,没被锻造所毁灭
铁铸的摇篮,站起黄金的新人

2016

祈祷书

为卑微的人祝福
原谅他们的低三下四
为胆怯懦弱的菌类祝福
因为它们活得比我们短暂

为无助的母亲和她的儿女们祝福
因为生命比我们想象的脆弱
为受惊的小牛祝福
它们正经历着我们一样的人生

为晒着冬日阳光的老人祝福
他的额头长着我的皱纹
为清心寡欲的生活祝福
它加重了回忆的欢乐

也为针锋相对的刺猬祝福
它和栗树的果实一样毫不妥协
它似乎是说除了爱还有仇恨
在佛家里要有一颗儒家的心

2000

谨以这首诗献给你并祝新年快乐

在这欢喜的时刻,烟花轰隆作响
有感激,有祈愿,将旧日告别

有家的人请享受你的温煦
没家的人,将处处有家,也请

在这首诗中栖身,有爱,请珍重所爱
没爱的人,愿春光使你的爱复生

有明天的人,今夜请微笑入眠
绝望的人,坚韧会带给你曙光

健康的人,祝你继续健康
受伤的人,岁月将愈合你的伤痕

有工作的人,祝你心气舒畅,行事顺利
读书人,愿你多读好书,智慧明心

请将你的烦恼,在这首诗中暂时寄存
享受此刻的欢愉,瞬间也在永恒之中

不论顺境逆境,都在大地的怀抱

不论富裕贫贱，都受到日月的泽被

感谢那无处不在的神祇，给予人间指引
多少沧桑变幻，神圣的山岳还在

渴望拯救的人，愿神看见你伸出的手
也愿阴戾蒙昧之徒，幡然自醒

那些埋在泥土的种子，将开出希望
善和美的光芒，穿透重重迷雾

如果公正，是一再展期的债券
请相信，历史终将把它兑现

即使世界最强大的力量，击落了你的尊严
这首诗将击败世界最强大的力量

愿枪炮长出花枝，也感激那些守护者
保全我们的屋顶，不被冰雹击穿

感激那些劳作，带来丰盛的晚宴
好雨和汗滴，带来万物的葱茏

把失落、妒忌和怨恨，抛给撕落的日历纸
对成功和人生的意义，愿你有自己的理解

艰难的人，我的诗将与你同行
高尚的人，谨此向伟大的你致谢

愿世人良心发育，田地丰饶
愿你的崎岖从此平坦，岁岁安康

愿神保佑你和你的家人
愿生命的火焰永远燃烧

愿分离的手能再度相握
好运像影子追随你的脚步

愿你拥有更多的日出
朝霞布满未来的天空

愿你的前方，莺飞草长，日暖风和
愿你的心愿，如愿以偿，各种幸福等着你

2018

眼

一只青蛙潜伏在池塘的水面
露出两只侦探的眼睛打量四周
别去打扰它,别去打扰那只蜻蜓
当它在雨后的路边跳舞
它的两只圆眼睛像保龄球旋转
它一定看到了我们看不到的一面
比如围墙的后面,宫廷的里面
婴儿车里的小孩,他还不懂人世
他的两只眼睛如同冰川,纯洁得让我羞愧
鱼不论在水中交谈,还是躺上砧板
它永不瞑目,像转世的窦娥
尼尔斯的眼睛骑在鹅背上
在我们的头顶,还有星空,还有神明
俯瞰我们的一生,每一个细节

2018

苏 武

十九年的风雪
不能使一滴朝露结冰

十九年的星月
不能将一滴朝露晾干

人生如朝露
汉使节苏武北海牧羊十九年

2004

荒　野

每个人的荒野幅员不同
假如我能把星辰重新安排
它们仍会迷惘如初
眩晕的蝴蝶找不见崇拜的花蕊
找错了更可怕
我叩访的北极星上的圣殿已经倾圮
世界把它自己逼仄
风，当它扫荡没有巨树的旷原
叶未曾绽放即凋谢
快去找寻传说中的灯
一刻也不要停留
我有幸被上天眷顾，风浪在我脚前转身
全凭一片不知疲倦的思想之帆
在肤浅的水面探测到海底的深度

2015

我想到往昔的昏暗时刻

我想到往昔的昏暗时刻
在某个房间,角落,树林的小径
把文字变成一只只萤火虫
为一条妙句奔走相告,犹如神巫附体

那时,我们活得多么紧迫
好像每个人都是短命的天才
来不及把神谕写完,而奔突的爱情
还没有在一个嫦娥身上呈现

日子慢了下来,把炽热的岩浆
稀释成一杯清淡的水
我徒然耗费的每一秒钟
都是无可挽回的诗篇

这是对理想的漫长政变
我曾希望成为永恒的少数
成了平庸的多数,我也不觉得羞惭
夕晖暮色里,依稀有初生的朝阳

2018

节日之愿

凡我行处皆偏僻但无虎豹
有繁华世界,遂无边善愿

愿求仁者得仁,言行如论语
愿格物者致知,求富贵者发财

愿病恙者康健
有情人终成眷属婚姻美满

鱼在水里,鸟在岸上
唯害人者不能得逞

2016

使 徒

保罗走进阿拉伯的沙漠
在那里待了三年
当他回来,他的眼睛点燃了
所有人的眼睛

这就是使徒。他需在平庸中克服平庸
在苦难中克服苦难
他像一位牙医
拔掉蛹齿。他从不说幸福

但幸福确已到来。他先是找寻
失落的钥匙。他先是酿制
失传的佳酿。他打开我们心头的锁
陶醉我们的唇和胃

他赐予又赠予。无穷,无限
当一个人拔掉眼中的梁木
不再自我怀疑。他就是使徒
点燃了众人的蜡烛

2002

卷九 喜悦生长的月份

故 乡

心物两忘。故乡就是故乡
它就是池塘、银杏树、樟树和枫树
它就是蓝色的山冈
一条白色的山路边：新松正在生长
而菜地的一角：草莓已度过春天

1998

喜悦生长的月份

暴雨像爆裂的才华
倾泻在城市的额头
我的日子，已经脱下世俗的语法

一只鸽子踱来贵族的优雅
一些别人受到缺席判决
咽下另一些别人播种的苦果

相同的世界里有迥异的世界
即使把诺贝尔奖章挂在前方
也不能令开花的田野弯下白鹭的脖子

我的心没有一丝皱纹，像洗过的鹅卵石
多么好啊，晨光如亲吻
送来最长的蜜月

2019

夏　日

太阳像快递员每天准时
把 37 度带着愤怒
塞进门缝

风扯着树的长发
为扯走一片凉阴，海上没有一棵树
大海有这么多汗要滴

2016

黄昏序

沉阳喷火如同嫉妒
屋檐垂下翅膀,一人在荒郊
转身向悬浮的窗户抛撒灯盏

足踏细密的光的织布
孩子在广场奔腾,母亲们
从孕育的罐子里释放笑声

绣球花脱离无趣的日常枝丫
对仰望的眼睛绽放
仙女星座飞旋的花瓣

当夜里事物隐身,人们格外健谈
试图用清晰的言说
把一切模糊的藏匿者唤出

2019

依偎

早上醒来,你说
我和你拥有世间最短的路程

因为这句话,落日三度升起
死去的名字从泥土中站立

你看,鱼不会除法,也没有头衔
何妨它们在快乐中游

无边的花园里,一双近视的小鸟
一生绕着彼此飞

2019

告密者

时钟和镜子,这是两个告密者
诗是第三个:岁月、容颜、内心

一只面目不清的鸟,像一团浓火穿过雨幕
此时我低下头,沉思如树荫

不会有人记得,花开过。花开过
可写,不可写。我写过

有多少秘密,在胃里慢慢消化
雨点,滴答的打字机

2020

日常生活的反光镜

现实不自明但自证,实在让人笃定
生涯波澜不兴
无冻馁,无刀剑,美人多于群英

时间重复但非同义,徘徊也是前进
从前,千条大路反对一条幽径
我最终折返到榛莽,心生胼胝

艺术的怪力乱神,难撼中庸
满座的极高明,皈依于鸡零狗碎
天空和山峦过于缥缈

月亮像旧钟表走动,昏暗中升起的澄明
阳光照在洗衣机上,搅拌着
以去除污垢为天职的诗篇

一杯清水,一块面包,食也
一张纸,一本书,写也
我的所得已远多于圣人的餍足

有时抽掉一块不起眼的砖石
桥梁就会坍塌,每个普通的日子

似乎是传递花朵的不息鼓点

日常是封闭的,也是敞开的
这一刻在告别,下一刻又相逢
难于握紧的雾气,一种模糊的清晰

一种肤浅的深刻,大地旋转的事物
像晨衣在我眼前飘动,一曲非虚构的
交响乐,使纯粹获得了形象

我不会对日常生活,送上无选择的赞美
如果生存潆溅诗意,存在天然合理
我们何必愤世嫉俗,改造河山

但不时,有一缕从你、从他人出发的光
在各色人和事物之间,碰撞,折转,回旋
带着倍增的暖意和亮度回返

2020

地上的星
——献给孩子

我爱着地上的星
像含苞的汉字,有爆米花的香味
我怀抱着稚嫩的秘密
看,微笑如此彻底

在众子走过的路后面
还有更小的小径
无论在怎样的海上,祝福他们
避过鲨鱼的眼睛

我把已褪色的命运
像一件厚重的衣服挂在风口
但,孩子们不会重复
不会经历我曾经历的寒冷

我已领受了酬谢
只要他们,在阳光下也能熠熠生辉
我记得,我奢望过最好的慰藉
在地上目睹了灿烂的星光

1995

鲁迅：这也是生活

家人已熟睡，世界孤独如一人
街灯穿窗而入，熟识的巷道、藤椅和墙壁
虚无吞没的远方，也有熹微的亮火
暗夜飞舞月光，也飞舞刀光

里弄的叫卖声稀落远去，婴儿的笑容，疲惫的面孔
垂老麻木的祥林嫂，每张脸都与我有关
可我也会躲进且介亭，毛笔终究不是匕首
为何不能宽恕人世一次，为这蝶儿飞舞、绿柳依依

我不该被梁实秋的假斯文
邵洵美的阔丈人、陈西滢的情调激怒，过小日子没错
多数人做不了战士，烈士更少，俗人所求
不过指甲大小的幸福，苍蝇的嗡嗡，夹杂蜜蜂的嘤嘤

这是诗的时刻，书信和散文的时刻
久违了，以前百草园的时刻
太晚的时刻，杂文几乎把他毁了
那是一条无法息怒的鞭子

被逼出的深刻，是一种负担。赞美该赞美的
诅咒该诅咒的，依旧是凛冽坚硬的斗士

有眷爱人间的周树人
才有向现实和历史，投枪和泼墨的鲁迅

2020

那面傲立于深处的旗帜

闷热的下午，预报的大雨
迟迟不至，书籍不能消退心火
甚至阅读历史带来的寒战
也抹不去额头的细汗

理想的口袋底部，有一个破洞
填满探索者的热血、无辜者的喊叫
浪花在黝黑的崖壁上，破碎如水晶
总有沉重入耳，为何地球还能轻易地转动

我们对地形的预测过于平坦
幻想总是过于完美，一年如此短促
凡人和凡间多有难处，我爱逃逸
我对果实的感恩，对生命的祈愿是真的

像无法捆绑的一束灯光
你我无须向恶鞠躬
那面傲立于深处的旗帜
整个世界在为它飘扬

2019

在夷犹中信

深怀感激，我所为者甚少
有所得到，全赖上苍的赐予

智者拨动的弦深重
要很久后才发出声音

这些文字，像坠入铁匠铺的星星
每一颗都经历了锻打

树林，山丘，一句诗是一朵花
开在树枝，世界已然不同

在汹涌的海洋，没有鱼能免除沾湿
每一滴都是对空的克服

日月耕新天，在最惶惑的时刻
我也从未怀疑人性和上苍的善意

孤独不意味着囚禁在石头中
它只是让心灵更敞开

怀疑，是相信的必经之路

像镜片反复擦拭

值得为希望再忍耐,再抬眼
它迟迟未至,可能是没找到合适的鞋

站在山上,才能看到低卑之处
也看到更多的山

要有几个白昼,走到强烈的日光下
晒干身上和心里的阴影

至少要有几个暗夜,摘下假面
用银河的火洗净双目

在陆地上行走过的鱼,会更珍惜海洋
那曾被嫌弃的奶汁,把它养育

你赞誉的人决定了你的操守
不同的磁场,吸引不同的铁

从人性出发的路终点各异
不是每个人都能返回起点

爱应当像面包一样真实
虚构的火焰不能使人温暖

诗歌没有器物之用,超越器物之用
它给予意义,区分蜜与霜,又给蜜涂上甜

现代主义过于干燥,偏狭,空芜
一阵狂乱的风车,一串阴郁的名字

轻巧的智性,和浮夸的矫揉
经不起风浪冲刷,那不是真正的礁石

燕子的衣饰都是一样的
却不过时,也不沉闷

水手听得懂大海的语言
孔子会说警句,各有所长

写作是一份漫长的初稿
逐步显出,在途的完美

有限可以克服,可以贯通、拼合、扩大
像无限那样大,直至融入无限

能深刻地理解无,才能更好地守护有
能掌握新,才能更全面地理解旧

美学不是真理
色彩带来感受,不是信服

箴言可能愚弄黔首
抛弃或嘲弄箴言，也不会让我们更聪明

心，可以小于一滴水
也大过一座海洋

隐居是脱敏，避免被非我烤焦
回归婴儿的生长

人间有太多第一，总有
那么多漆黑的人物自以为太阳

时不时，会出现一头狂暴的野牛
把向它欢呼的人群踩踏

历史像一张狼性的试卷
狼经常攫取不合理的高分

宽恕应当是审慎的，除非
要放下举得太沉重的石头

为不幸的人哭泣，为幸福的人干杯
这二者并不冲突

划伤良心的刀，最终会卷刃

被切割的爱和正义,分蘖无数新枝

只能作为人去触摸神性
这既是阻碍,也是两重的幸福

与崇高相遇的机会并不多
构造它更艰难,到处荒草遮天

人奔向神,神也奔向人
二者互为终极,必得如此

人不为神而活,神却要为人而存在
你以为坐在厅堂的中央,其实还身处门外

抹香鲸的鳍,扩大了海洋
飞鹰的翅膀,延长了天空

田园已土崩瓦解,人烟稀落的土地
如何诗意,期待新的陶潜发言

只有很少的时刻,看见那原形毕露
鲜花怒放,电掣雷鸣

树在一棵树那里到达边界
辐辏的枝条,在风中召唤壮烈之舟

我不停踏进同一条河流
穿越它的本质,沐浴它的形相

世界,是观念的和词语的
也是石头与花朵自己的

无往而不在,无所而不在
心安即吾乡,心不安亦吾乡

山河岁月皆入梦
我听到凤凰的叫声

2020 年 2 月 3 日